詩集

瑠璃色の世界へ

田中佑季明

著者近影

詩集　瑠璃色の世界へ　＊　目次

カバー装画／斎藤三郎　水彩

詩集　瑠璃色の世界へ

I

言の葉の小舟に揺られて

言の葉が　ひらひら
わたしの　小宇宙に　舞い落ちる

言の葉の　一枚の
赤錆びた小舟に乗り
あてもなく
わたしは　ひとり旅をする

どんな世界が
これから　見えて来るのだろう

言の葉に　白い帆を上げて
わたしは　舵をきる

羅針盤と海図を　持たない
言の葉の　小舟は
風の吹くまま
気の向くまま
目的地は
風まかせ

小舟の帆から　俯瞰する
雄大な
七つの大海を眺め
やがて
地中海に浮かぶ
白い石の建物の
町並みが見えてくる

雨上がりの
透き通った
蒼穹に

七色の虹が
遠くに　見える

エジプトの　ピラミット
黄金の　ツタンカーメンが
言の葉の　小舟を
古代から　見つめているようだ
ココア色の　スフィンクスが
こちらを向いて
ウインクしている

娼婦の　クレオパトラが
エロティックに
わたしに　投げキッスして
誘惑する
わたしは
淫靡な　クレオパトラに
惑わされずに

舵を切り
航海を　続ける

旅に疲れた
わたしは
青い地球の　オアシスに
身体を休め
休息する

肥沃な言の葉たちが
わたしの　からだに
優しく降り積もる

柔らかく
温かい
言の葉に包まれて
わたしは　静かに
冬眠する

季節の初めの
春が　煌めく
目覚めと　ともに
わたしは
また
古今東西の
書物を
古い皮の皺のよった鞄に
ぎっしり
詰め込み
旅支度をする

果てしない
わたしだけの
未知への
宇宙……
そして

新たな
世界を
求めて

言の葉は
再び
ひらりと
宙に舞い上がり
瑠璃色の世界へと
飛び立つ
未来へと

忍び寄る影武者

俺にまとわりつく　黒い影武者
俺の行くところに　いつも
無言で　音もなく
ふらり　と
寄り添い
遠く　近く　離れず
その姿を
阿吽の呼吸で
現す
まるで
合わせ鏡
光と　影の
白と黒の競演

黒いマントを
羽織った影は
地上の
酸素ではなく
宇宙からの
光の光源が無ければ
生きられない

光の　照射　角度により
前にも　後ろにも
その影は　伸び縮みし
自由自在に　姿を変形させる

もう一人の
影武者？　の俺が
等身大に
或いは伸縮　変幻自在に

アメーバーの如く
執拗に　俺に纏わり付く
時々　くノ一の影がちらつく

言語機能を持たず
語り掛けても　無言
返事は何故かない
無感情　無表情　無人格で
ニヒルな
ふわりとした
黒い影だけを
投影している

もう一人の
俺でない俺?　が
俺を

一定距離を保ち
冷静に　見つめている
２４６号の　渋谷の
車道を　連なり　走る
ブリキの車や
硝子の車輌

赤　白
イエロー　ブラック　ブルーの
色とりどりの
幾台　幾種類　もの車列が
黒い影の俺を
容赦なく
無慈悲に
無節操に
轢いて走り去ってゆく

アクセル音とブレーキ音を
軋ませながら
大都会の
夜の煌めく河が流れる
クリスタルな街に
排気ガスを
まき散らしてゆく

影は
不気味なほどの
静寂と
薄く黒い
無言の笑みを
車道に浮かべ
こちらを　じっと
見つめている
影は
赤い血を持たず

黒い血しか流さない
黒い不死鳥

冷たい雨に打たれた
ネオンのしずくの集積が
夜の赤坂の街を
艶っぽく
濡らして光っている
ミッドナイト　タウン

黒い傘を
差した　濃紺の背広姿の　長身の
サラリーマンの男が
ポツンと
信号待ち　している

傘から　流れ落ちる
雨の小粒の

真珠の
雫には
一点の
黒い影も
残さない

2022年6月23日

石の眼　花に秘められて

あなたは　石
固く　強く　冷たい

わたしは　木
柔らかく　弱く　温かい

あなたに
どんな
わたしの花を
咲かせましょうか

わたしの　木の
一番咲き誇った
きれいな豪華な時の

花にしましょうか

それとも
処女のような
穢れを知らない
固い蕾

わたしは　幻花となり
あなたの　中に
石の　花を
咲かせましょう

幾光年までも
美しく
化石となって
永遠の
秘められた
愛を　確かめますように

乾いた花

硝子の花瓶に　刺さった
薔薇と
カスミソウ

何時の日か

枯れて
ひなびる
乾いた花
となる

生きるのを
止め

死んで
生きている
ドライフラワー

セロニアス・モンクのポートレート
ジャズが
六畳の部屋に沁みついて
流れる
俺の　部屋

どこか
俺に似て
侘しく
ひとりぽっちで
孤独に
咲いている
死の花
狂い華

海

二〇二二年二月二十四日　ロシア軍ウクライナへ侵攻

墨を流した
暗転の空
不気味に
流れる
生きた
灰色の
雲
荒れ狂う
海

岩場に
抗い

何を
お前は
そんなに
怒っているのだ

鋭い
牙を剝(む)き出し
岩を　砕く
怒濤
打ち寄せる
波の渦巻

険しい
幾つもの
表情を見せ
素顔を変えて
波動が
無慈悲に

押し寄せてくる

波
というより
恐怖の荒波が
いつまでも
止まることなく
海嘯を　連れ
襲ってくる

果てしなき
海の身悶え
雷光がいっしゅん
この世の死顔（デスマスク）を照らす

鏡の中の他人

鏡の中に
もう一人の
わたしがいる
どっちが
ほんとうの
わたし

あまりにも
わたしに
似ている
鏡の中の
あなた

あなたは
なんで
そんなに
寂しい顔を
しているの？
鏡の中の
あなたに
訊ねた

あなたは
わたしの
顔色を覗いて
小さな声で
答えた

それは
あなたが
一番

知っている筈よ

わたしは
その声を聞き
驚き
改めて
じっと
鏡を見た

何故か
緊張して
恐怖に
戦く
わたしを
見た

氷のような
冷たい

表情の
こちらを向いている
他人の
わたしが
ほんとうの
わたし？

鏡の中
一陣の
木枯らしが吹いて
舞い散る
いちまいの枯葉が
下唇にはりつき
舌となる

私にとっての名画

暗い部屋に
ローソク一本の灯りが
揺れている

誰が　描いた
静物画なのか
サインもない
書き忘れてしまったのか？

いや、まだ
完成していない
油彩なのだろうか？
だが

完成度の高い
油絵である
年代も不明
勿論
題名もない

Ｆ10号の横描きの油絵から
創造力を　逞しく
働かせるしかない

りんごとオレンジ
梨　に　ぶどう　が
重厚に
バランスよく
赤　オレンジ　青と
色彩豊かに
彩られ
配置されて

木製の籠に
納まっている

この油彩は
男の作品か
否、女だろうか?
だが
筆致の力強さや
ナイフの　削り具合から見て
多分、男だろう

今にも
手を伸ばして
籠の中の
りんごを
取り出して
食べたくなるほど
リアルで

美味しそう

油絵は
現実を超える
リアルさがある

写実を
超える
美しさとは
何だろう
画家の
物を見る眼の
刻(とき)
の
Impasto*

光りの
光沢と影が

微妙に
蠟燭の灯りの中で
揺らいで
調和している

見る者の
感性を擽る

時間と歴史を超え
連綿と
わたしに　語り掛けてくれる

金縁の古びた額に
凜と納まっている
一枚の油彩

誰が　描いた
静物画なのか

サインもない
無名の画家を想う
サインのないのがサイン
そんなつぶやきが
洩れる

＊　インパスト（厚塗り）

地球は廻る　時も廻る

この腕時計は
そう
私が
中学一年の入学祝に
叔母から贈られたものだ

あれから
どのくらいの
歳月が
経ったのだろう
五十年を　優に超える
私の歴史と共に
歩んできた逸品だ

手巻き式の　秒針付
シチズン　ジュニア
17ジュエルス
パラショック
フィノックス
外周を
細いグレーで囲んで刻み
内円は
落ち着いた
渋いホワイト
私にとっては
今でも　色褪せず
時代を超え
現代に　通用する
グッドデザイン賞

あれから

私は
浮気をして
おやじの形見
手動巻き
セイコー　スポーツマチック5
ドイツの免税店で購入した
気品ある　艶消しの金色の
オメガ　デビル
長方形のセイコー　クォーツ
楕円の黒で金の3針
セイコークォーツ
ソーラー時計
カシオ　ウエーブ　ブラック
その他

懐中時計
遊び時計など
幾つもの
時計を　所有している

ＴＰＯや
その日の気分で
時計を
変えている

最近は
カシオの
ソーラー時計の
使用率が高い
誤差もほとんどなく
電池交換も必要ない
安価で正確である
デザインもよい

まさに　メイド　イン　ジャパン

私の中の
時計の歴史は
私と共に生き
長針　短針　秒針と
時を　その時々を　刻み
それぞれの
想い出が詰まったものである

時に支配された
日常
時を
待つことはあっても
時に追われ
時に制限され
生きている

時と共に　同時代を生きて
時を早く感じることや
時を遅く感じることは
出来ても
リアルな
時を超えることは
出来ない

時は
時を刻み
その時々の
表情を
色濃く
反映している

何れは
誰しも
数えなければならない

カウントダウン
の死を……
迎えなければ
ならない

その時
私の時が初めて止まる

黄金色に輝く佐渡金山

俺のいぶし銀に光る　グレーのジャガー
英国車
気品と　風格がある

お前とは
佐渡島にも
母と
行ったことがある

新潟港から
佐渡汽船に乗り
白波を切って
両津港に着いた

白いかもめの
出迎えだ

両津から　真野（まの）経由で
相川まで
車を飛ばした

母が
かつて
青春時代
佐渡島に
住んでいた歴史を
風景の中に重ね
ハンドルを　切った

窓から
潮風が

心地よく
吹き込んでくる

相川　佐渡金山
四百年の歴史
母が　昭和初期に
初の女性事務員として
七年間勤めた鉱山

佐渡金山の
シンボル
道遊（どうゆう）の割戸（わりと）を
親子で
歴史の重みを
感慨深く見上げた

当時住んでいた
石拓町（いしはたきまち）へ走る

未だその住居は
八十年余り経つのに
他人が居住している
京風の佇まいとして
そのまま現存する

母の青春時代が蘇る
既に　両親　兄弟は
今は　いない
百歳を間近かに控え
孤独の淵で
何を想うのか

世界遺産登録も
視野に入れている
尖閣(せんかく)湾の荒波が
勢いよく

白い波しぶきを上げ
岩を洗う
かつて　家族で遊んだ
千畳敷に
今は
親子で遊ぶ

春日崎（かすがざき）の
真っ赤な夕陽が沈むころ
遠くで
潮風に乗って
佐渡おけさが
聞こえてくるような
幻聴に
襲われる

鬼太鼓（おんでこ）の
激しい

太鼓の音が
重なる

尖閣湾の
海辺の近くの
ホテルに
宿をとる

海鳴りを
間近に
聞きながら
母の娘時代の
子守唄を　聞き
親子の至福の時を過ごす

旅の疲れと共に
深い
眠りにつく

窓の外には
三日月と
天の川

流れ星が
紺碧の
夜空に
幾つも走って
消えてゆく
佐渡の海

エンドレス

今の
この時は
先程の時ではない
今のこの時の一瞬は
次につながる
この時なのだ
だが
時は
一刻も
待ってはくれない
時々刻々
進むのみである
生真面目な時

例え
地球が爆発しても
人に時の有用性を
与えられなくても
執拗に
時は刻むことを
止めない
エンドレスな時

この命

また現れた　魔物
俺を　執拗に　追忌し続ける
電光石火　激しく走る
左頬の燃えるような
熱さと奥歯の激痛
この魔物は　ただものではない
一体
何処から　魔物は
音もなく　予告なしに
現れるのだろうか?
忘れた頃に　再び現れる
口に　物を入れることを　拒む
立っているのも　困難な程の
恐ろしい　震える痛み

瞬時の　激痛が　左顔面に
波状的に　繰り返し
俺を　襲う
心が真っ二つに折れる
救いは　一錠の　薬
だが、最近　救いの薬も
ほとんど　効かないことがある
恐怖と不安が入り混じる
彷徨える
暗黒の深い闇に取り残された
我が肉体は
果てしなく
途方に　暮れる
アン　チェンジ　マイ　ハート

脳神経外科を
幾つもの　病院を
訪れる

これで三度目だ
ＭＲＩの結果
答えは
いつも
ひとつ
異常なし

だが
異常がある程　痛み苦しむ
常時ではなく
突然
時・場所の予告も無く
忍び寄り
激痛を　わが身に
与え　無慈悲に襲い掛かる

噂を聞き
別の　名医のＤＲを訪ねた

一か月に一度
東京から
名医は　田舎町へ
やってくる
待合室は
いろいろな　痛みの問題を抱えた
患者で　溢れている　病の集合体

触診で
痛い箇所を
患者と見つけ
注射針を
打ち込む
腰痛時は
十四か所
腰と　右足に
打たれた
血止めの

バンソウコウが
痛々しい　病との闘いの証　勲章か？

今度は
顔面左の
痛い箇所を探し当て
注射針を四か所
刺された

顔の表面に
注射を打たれるのは
初めてだ

注射針の痛みもあるが
悪魔の
痛みに比較したら
蚊に刺されたような
痛みだ

顔面に
注射跡の　バンソウコウが貼られた
ＤＲ　痛みは？
不安気に
取れたようです
しかし　いつまで続くのか
この痛みからの　解放は？
一抹の　不安が残る

指先が痛い
指に
今度は
注射針を刺された
飛び上がる程の
痛みだ

別の内科医から

別の新しい痛み止めの錠剤が
渡された
一カ月半後に
再診の　予約を入れた
果たして
効果のほどは
祈る気持ちだ

悠久の
平和な日々は
訪れることが
あるのだろうか
精神の軸（よこがみ）が
折れぬことを
望む
この命
誰のもの
勿論……

変な感情

君にとって
しあわせとは
ぼくにとって
しあわせ？

ふしあわせ　かも知れない？
それを
ただ気が付いていないのかも
知れない

日常に
怠惰に流され

生きている

思考停止状態？　無酸素状態？

でも
ヒトの
しあわせを
素直に
喜べないのは
多分
ふしあわせ　なのだろう

人間の器の
大きさが
足りないのであろうか

嫉妬とも　違う
変な感情

としてしか
摑めない気持ち悪さ

不思議な　おはなし

ヒトには
見えないものが
私には
見える
それは
ほら
そこに見えるでしょ

何故
ヒトは
見えないのでしょうか？
手に取って
見えるでしょ

空想の世界の
話ではないの
億光年前の
先の
話でも
幻想でもないわ
現実の　今ここでの
おはなし

不思議よね

言葉とは

言葉の魔術師によって
言葉は
文化　芸術にもなり
また
悪魔にもなる
恐ろしい
生きもの
言魂

滅びゆく肉体と精神は何処に

疲れ老いた
肉体を
肥沃な　大地に
横たえ
草花の
絨毯に身体を
休め
乱れ咲き匂う
花々の
香りを
全身に浴び
囀る(さえず)
小鳥たちに

見守られ
燦燦と
太陽の陽を浴び
至福の時を
過ごす

だが
何時までも
至上の
楽園は
続くものではない
天変地異が起こり
この世と思えぬ
惨状に
見舞われる
肉体も
精神も
打ち砕かれ

残っているのは
一塊の
肉塊だけである

君よ再び奮い立て！
やせ細った　拳を
神の宿る天に　高く突き上げ
魂と肉体を
命の叫びを
取り戻せよ！

惜別　友よ

ある年
大学報に
君の
訃報が
一行
事務的に
掲載されていた
七十二歳

その時の
衝撃の　大きさと
落胆が
俺の

脳髄深く走り廻った

全国紙の
著名人が掲載された
訃報より
身近で
何倍もの
ショックが
大きかった

同時代を
共に生きた
団塊の
友よ

小学校の
同級生だった　友は
六年生の時

遠足で
東京　御殿場に出掛けた
集合写真に
君の爽やかな笑顔と
俺の若い姿があった
そして
片思いの
初恋の人が
モノクロームの中にあった

俺は　平凡で
君は
優秀な生徒
近寄りがたい
存在だった

大学のキャンパスで
君は

いつもの
笑顔で
ギターケースを
抱え
友人たちと
キャンパスを
歩いている姿を
私は遠くのベンチで
見ていたことがある
その時
何故
駆け寄って
声を　掛けなかったのか
悔やまれる

大学を
卒業して
君は

当然の
如く
大手企業に
就職していた

卒業生名簿で知った

あれから
何十年の歳月が過ぎ
大学の　同期の懇親会に出席した
暮れなずむ
武蔵野丘陵が眺められる
大学の
高層階の　宴会場で
そこには　笑顔の君の姿があった

そこで
君と

何十年ぶりに
会話を　交わした

それは
ごく平凡な
ありふれた　会話であった

何故もっと
二人の歴史を埋める
実のある深遠な会話を
楽しめなかったのであろうか？
とても後悔している

人生
一瞬が
勝負である

後日

遺族へ
花を
送らせてもらった
せめてもの
償いだった

言葉の樹海

私は
分厚い
国語辞典の王様
広辞苑を
開き
言葉を
探す

言葉の
樹海に
圧殺されそうだ

何枚

ページを
めくっても
必要とされる　適切な
その言葉を
探し出すことは
容易なことではない

言葉の海に
身を
投じ
言葉の
渦の中に
巻き込まれて
溺れてゆくのか

言葉の
押し寄せる

怒濤の
濁流から
果たして　乗り越え
脱出することが
出来るのであろうか

残りの人生を
賭けても
この辞典を
最初から
最後の一ページまで
読破することは
困難であろう

大辞典に
真正面から
対峙して
この巨大な

大山脈を
征服することは
無理だろう

地底の底から
湧き上がる
初めて　眼にする
言葉は
驚きと
新鮮な感動を
覚える

或いは
言葉の
マグマに
圧倒され
言葉が
木端微塵に

爆発することも
ある
そして
新しい　言葉が
誕生する

言葉の
宝庫がありながら
それを
生かされない
もどかしさ
己の
無知を古希を過ぎて知る

首

首が並んだ
幾つもの首
男の首
女の首
職人の首
農夫の首

それぞれ
同じものはない

歴史を歩んできた
特色のある首

私に　静かに
己の
生きざまを
彼らは
語り掛けてくる
ブロンズの
青銅色の首

がらーんとした
美術館に
スポットが当てられ
首切り職人*による
首が
静かに　並んだ

＊　彫刻家佐藤忠良

眼鏡

茂[*1]は
眼鏡を掛けると
もう一人の
顔が　覗く

眉間に皺をよせ
哲学書に　眼を走らせれば
幾多郎[*2]になる

ある時は　『不思議メガネ』の著者　均[*3]に
また　安吾[*4]になることも出来る

『資本論』を紐解けば

肇[*5]にだって容易になれる
だが
英機[*6]にだけは　なりたくない

＊1　吉田茂　明治十一年生まれ。戦後五次にわたる七年間総理大臣。昭和二十八年バカヤロー解散。
＊2　西田幾多郎　明治三年生まれ。哲学者。京都学派の創始者。著書『善の研究』。
＊3　竹内均　大正九年生まれ。物理学者。著書約四百五十冊。
＊4　坂口安吾　明治三十九年生まれ。小説家。著書『堕落論』『白痴』。
＊5　河上肇　明治十二年生まれ。『資本論』の一部翻訳。著書『貧乏物語』『資本論入門』。
＊6　東條英機　明治十七年生まれ。第四十代総理大臣。A級戦犯で処刑。

ペガサスの手綱を握って

俺は　ひたすら　無知の知を　知り走る
幾光年の　明日に　向かって
今日を　生きる

時空を超越して　青い地球を後に
暗闇の　無限大の　宇宙へ旅発つ

流星群を　横目で見つめ
煌めく
オリオン座の　群青色の中を
今
手探りで　夢遊病者のように遊泳している

目標地の　明るいユートピアの

輝かしい未来は
果たして　この先に　あるのだろうか？
砂を噛むような　ざらついた
乾いた夢幻の広がる　世界なのか？
一抹の　不安と疑問が　脳髄をよぎる

もう　遅い　アクセルを一杯
踏み込んでしまった　怠惰で倦怠な大地へ
今更　引き戻すことが　できない

最高神　ゼウスを　信じて
迷わず　邪念を　払拭して
前へ　前へ　進むしか　残された道はない

少しの　微熱を含んだ
焦燥感を　心の片隅に秘め
ペガサスの手綱を　力強く握り締め
白い翼を持った　神馬を宇宙へ走らせる

Ⅱ

確認への旅の翼

今
俺は
お前と
旅をする
まだ誰も足
を踏み入れて
もいない世界の
白地図を埋める旅
未知への遭遇だろう
フロンティア精神など
だいそれた願望など
無いただ地球の北
から南まで丸ご
と歩き始める
のだ二人で
不確かな
愛の泉
確認
ス

我が胸の内に潜むもの

女は　百五年　年輪を重ねて生きてきた大樹
風雪・豪雨・嵐・落雷に打たれても朽ちず
灼熱の厳しい太陽にも　枝葉を精一杯伸ばして耐え忍び　真摯に生き続けている
広大なる肥沃な大地に根を張り　凜として　今も
果てしなく広がる　天空に向かって　眼光鋭く立つ　その姿は　風格さえ漂う
老木とは決して言うまい　いぶし銀の　鈍く光る女
年老いても　命の水　枯れることもなく　尚
たゆまず　小さな泉からふつふつと湧き出し　流れつづける　かぼそき細い手で
筆を執る　文学魂は不滅なり　時に　時間差的に　忘却の荒れ狂った嵐に攪拌（かくはん）　翻
弄され　無慈悲に襲われることがある　彷徨える　記憶の忘却の集積は　何処に？
地中海に沈む　真っ赤な夕陽の彼方に　置き忘れて　きてしまったのか？　女は
慟哭の叫びも上げず　ひたすら果てしない　我が道に歩を緩め　ゆっくりと　歩み
つづける　心と体の乖離は　時に数学上の論理を超越する　形而上学的範疇で思考

する　ベッドに横たわる　女の両手両脚と身体は　正視出来ない程　やせ細り残酷とも思える身体の変容を見る　かつての　美しく輝いていた　ヴィーナスの豊満な肢体や面影は　見る影もなく　何処に？　アポロンに抱かれた　至福の時を過ごした日々は　今いずこに　地上の底から鼓動の声が聞こえてくる　バイオリンの調べに似て　心地よく響きわたる　夢幻の世界だろうか　無知の知を　知り得た日　不条理の世界が拡散する　限りなく　汚濁した　茶色に包まれた　泥沼の世界で　暗中模索・試行錯誤して　苦渋の決断を迫られる　選択肢の中から　最良と思われるものを　セレクトするが　これで良いのか　と疑問符が常に付きまとう　多分答えは一つ　ではないのだろう　どの道を選んでも所詮　同じこと　己の生きざまを見せるしかない　百年生きたとしても　次の百年はない　長いか短いか　人さまざま　人生模様が急激に変わるであろう　愛しき女　不夜城から解放され　安らかに眠れよ　我が息子の胸の内に　永遠に　平和への祈りを捧げん

2022年6月23日

青い恋文で　語られるもの

気になっていた
昔の女（ひと）から
一通の手紙が届いた
竹下夢二の花図案の
切手が貼ってあった

差出人は
いつものように
イニシャルの　ＳＪ
俺の人生の中で
消そうとしても
決して

消えない
忘れられない　女である

消印は雨で滲んでいた

わたしは　震える　手で
もどかしく
封筒を開ける

万年筆で
達筆な
いつもの
細い文字で書かれた
青い恋文

インクの匂いと
昔の女の　香りが
ふんわりと

手紙の文面から
蘇ってきた

あなたが
世界中で
一番大好きでした

今でも
あなたのことが
忘れられません

ありふれた
美辞麗句が
数多（あまた）
青いインクで
書き
並べられていた

わたしは
それらの　言葉を
噛みしめて
味わった
というより
一気に
呑み込んだ
砂を噛むような
ざらつきと
ほろ苦さ
幾らかの
酸味が鼻腔を擽った

愛しい女との惜別を思い出し
わたしは　何故か　ブルーな
気持ちに　なってしまった

水色の涙が　一粒

無念にも
頬を伝わり　こぼれ落ちた

青い恋文は
さざ波を　起こし
遥か遠く
南太平洋の
海の調べとなり
優しく
蒼い海に
溶け込んで
沈んでゆくことはなく
一滴となって　床で割れた

その欺瞞に満ちた
破れた青い恋文は
青春時代の　死闘
熱き情念と葛藤との

闘いの日々の
悲哀に満ちた
記録の裏返しでもある

女郎蜘蛛の細い糸に巻かれて

お前は
大きく
張った　網の中央に
居座り
真夏日に　対峙して
手足を　大きく伸ばし
獲物を
何時までも
じっと　忍耐強く
待って居る

獲物が　かかるまで
身動きもしない　辛抱強さ

アフリカ大陸の　どこかの土地で
諦めもせず
老婆が　枯れて痩せた畑を
一途に鍬で耕す
姿に　どこか似ている

毒々しい色をした
蛾が
バタバタと
毒を含んだ
銀粉をまき散らし
白い細い糸に巻かれて
網に揺さぶられ
必死に
もがいて
逃げようとしている

それは
死を目前にした
悪行を数々重ねた
囚人が
生への執念を
最後のあがきとして
もがいている様に　似ている

獲物が掛かった網に
触手を伸ばし
網を　大きく揺らす
女郎蜘蛛
幾何学模様の中での
歓喜の　ダンスか

真っ赤な
太陽が
幾日も

西に沈むころ
蛾の姿は　何処にも
見つからない
女郎蜘蛛が中央に
デンと居座って
何事も無かったように
獲物が掛かるのを
また
待っている

この俺に対する女郎蜘蛛は
どこのどいつだ
そいつの格好の餌食となり
じわじわと
真綿で首を
絞められ
殺されて
食われて

しまうのだろうか
女郎蜘蛛よ

残暑の
息苦しいほどの
熱風が　吹き
汗ばむ
昼下がり

黒い毛皮の女

酒場　みなと屋
客のいない店で
彫りの深い
日本人離れした
三十路過ぎと思われる
女は　片足を
椅子に無造作に乗せ
片手で
スカートを
たくし上げ
細い太ももから覗く
真っ赤な
小さな薔薇のタトゥーが

色鮮やかに
酒場の
スポットライトの
灯りに
浮かんでいる

黒いガーターから
ケントを取り出し
けだるそうに
煙草一本
口に銜え
百円ライターで
火をつけた

細い指の先には
真っ赤なマニキュア
煙草から
紫煙がゆっくり流れ

客を待つ

洋モクが
メリーの　せめてもの
ちっぽけな
プライド？

店の外には
弾き語りの男の
センチメンタルな
フラメンコギターの
激しい
調べが
流れている

日本の　とある港町
遠洋漁業から
戻って来た

日焼けして
潮の香りを
運んできた
逞しい
男たちが
札束を抱え
女たちを求めて
笑顔で
やってくる

寂れた
安酒場も
この季節には
赤や青のネオンが灯り
にわかに
活気を　取り戻す
港の酒場町

化粧で隠した
愛想の
乾いた　女の笑みの中にも
かつての
平凡な　日常の光と影が
何故か重なる

女は
琥珀色の　バーボンを
一気にあおり
今の自分を
自己否定する

泡沫(うたかた)のバラ色の楽園を
刹那的に享受しても
色のついた濁った
酒から覚めれば
元の木阿弥

日常を脱ぎ捨て
非日常として
この今を生きている

何の為に
生きているの?
このあたし
こんな女に　たれがした
天を仰ぎ
唾を吐き捨ててみても
返ってくるのは
当然の如く
自分の顔だ
運命の　悪戯かと叫んでみても
運命には　逆らえない
チェッ　仕方ないさ
たれも　恨んだりは

しやしないわ
涙は　遠い昔に
どこかに
置き忘れ
枯れ果ててしまった

哀れな
女と呼ばないでおくれ
あたしにも
壊れかけた　宙ぶらりんこな
プライドが
首一皮
まだ
破れかけたハートに
ぶら下がっている

酒場の女は
親の顔も知らないけれど

胸に付けた
小さな　キラリと光る
銀の　安物の十字架の
ペンダントに
ひとかけらの
夢と希望と期待を
いつも忘れずに
寄せている

だが　たれも
そんなことは
信じていない
夢物語さ

きっと
女も
口には出さないが……

港に停泊している
船の汽笛が
侘しく
遠くで
ボーッと鳴っている

白い霧が流れて
薄っすらと
夜が明けてゆく
港町

酒の匂いが　沁みついた女は
怪しげな微笑を
浮かべて
男心を　擽（くすぐ）る

木の古びた
壊れかけた

細い電信柱が一本
つぶれたブリキ傘の
黄色い灯りの下で
女は　電柱に
背中を　けだるく凭れている

身体を張って
稼いで買った
自慢で
唯一の
黒いミンクの
高級毛皮を
身にまとっているが
どこか　女には
不釣り合いだ

「娼婦」と
馬鹿にしないでおくれよ

一人で
自分に言い聞かせて
叫んでいる

赤いヒールの足元には
煙草の吸殻が
何本も　踏み消されている

やっと
娼婦に
客が付く

それは
どぶ板
港町詩劇の
始まりだろうか

舞台に立つ

男と女は
台本もなく
筋書きもない
二人芝居で
何を演じればよいのだろうか

河原乞食の
田舎芝居が
ふさわしいのか？

それとも
鮮やかな
コバルトブルーの
地中海を舞台にした
ギリシャ悲劇？

はたまた
場末の映画館

トイレの臭いが
流れ込む　客席で
モノクロームの
擦り切れた
フィルムが
雨のザーザーと
耳障りのする
音が鳴る
無声映画の世界だろうか

二人には
コトバはいらない
淫靡な世界さえあれば良い

女の　真っ赤に
妖しく濡れた
ルージュ

紅海の底知れぬ
怪しげで　卑猥な海溝
魔性の潮の騒めき

こんなみだらな男でも
何もかも
過去の人生を
忘却させてくれる

陶酔のエクスタシー
狂乱の
果てしない
性愛の営み
嗚呼……

何時の日だったか
酒場女の

死の　黒縁（くろぶち）　写真が
安アパートの　潮風が吹く
西日が差す
古びた二階の
畳の部屋に
飾られていた

誰が訪れていたのか
一本の線香の煙が
淀んだ部屋に
静かに　重く
流れている

どろっとした　生臭く温かい
赤い血の騒ぐ死のメロディーが
哀愁の
酒場町には流れている

真っ赤な朝焼けの空に
はぐれ
かもめが
一羽飛んでゆく

2022年6月23日

破局

俺の脳髄は
お前のことだけで
浸食されている

どれだけ愛しているのと
聞かれて
俺は
迷うことなく
地球の
大きさ程
愛しているよ
と答えた

抱えきれない程
愛の喜びを
感じている
とも
付け加えた

お前は
わたしは
宇宙の大きさほど
あなたを
愛している
と答えた

幾光年先まで
二人の愛は
不変で　不滅
愛しているとも
付け加えた

他人(ひと)は　ほら吹き
カップルと揶揄した

その後
半年もしないで
二人の
愛の
破局が
起った

二人は
愛という
幻想から
解放され
現実に直面した

破局の
原因は
二人だけの
心の中に
淀んで
なんと！
今も
蠢(うごめ)いている

ひとつの愛

愛の
形は
二人の間には
純粋であれば
ひとつの
形だけで
充分だ

他の
愛の形は邪道だ

愛ではなく
哀
藍

埃
隘
曖

アイ　ドント　ノウ

男と女の短い物語

豊葦原(とよあしはら)に*
若い男と
若い女が
住んでいた
二人は
恋している

二人の間には
言葉は
六つ　有れば
それで良い

YES

NO
THANK　YOU
I　LOVE　YOU
I　NEED　YOU
I　WANT　YOU
これだけで
充分だ

言葉は　時に
ヒトを傷つける
怒り　憎悪　嫉妬　悲劇　等々
争いを生む
余計な言葉は
蛇足である

二人の間には
六つの　言葉も
究極的には

不要だ
感嘆詞があれば
それで良い

おおっ
ああっ
ううっ

それでも
言葉を
ひとつ　ひとつ
吟味して　そぎ落とし
最後に
無言が　最高の　美学だ
と気が付く
沈黙は金

言葉が無くても
相手の
表情や　態度で
喜怒哀楽を
容易に
読み取ることができる

二人の間には
無言の
以心伝心　もある

＊　日本国の美称

君だけの部屋

君の
引出しを
そっと
見せてごらん
出し惜しみ
なんかしないで
おくれ

でも
あなたのように
そんなに
幾つもの
引出しなんか

ありゃしないわ

君だけの
引出しは
必ず
探せば
あるものさ

秘密の
引出しは
だれにも
あると思うけれど
それは
内緒
秘密よ

君の
神秘的な

秘密には
興味があるけれどね
何時か
その部屋の鍵を
こじ開けて
見せてもらうよ

厭よ
簡単に
見せられるものではないわ
デリカシーのない男ね

他の　引出しなら
見せてあげても良いわ
くすりと　笑みがこぼれる

ありがとう
拝見するか

おもむろに
引出しを　開けて
取り出す
ひっくり返して
中身を　覗いて見るが
空っぽ

ほう　驚いた　君は
未知への
可能性を
こんなにも沢山
持っているんだね
この　空っぽの
引出しに
一杯
宝物を
詰めてあげよう

そんなことができるの？

それは　君しだいだよ

そうなんだ
いつ　誰が　どうやって
何を　すればよいの？

自分で　よく考えてみてごらん
きっと　今日からでも
引出しを
埋めるための
素敵な宝物が
ザクザク
生まれてくるよ

魔法使いみたいね

ほんとかしらん？
それなら
やってみよう

駆け巡る
思考回路
脳髄を
刺激して
生みの苦しみ
悪戦苦闘　試行錯誤

ゴミのような　物であれば
いつでも　バッサリ
捨てられる
取捨選択をしてみようね

きらりと光る
わたしだけの

宝物を求めて
わたしを　磨いて行こう
ありがとう

今日も
彼女の
宝物　探しが　始まった

掘っては　捨て
捨てては　掘って

彼女にとっての
煌めく
何キャラットもの
ダイヤモンドは
果たして
探し当てることが
できるのであろうか?

行動を　起こさなければ
何も　生まれない
人生は
行為か死か
二者択一

彼女は
自分探しの
道を求めて
はたして
煌びやかな　万華鏡から
自分だけの
部屋を　世界を
掘り出し物を
見つけることが
出来るのであろうか

湖水の中に

朝霧の中に
荘厳な　白樺の木が林立している
一面
白い樹海の世界

少女は　ひとり
北の冷たい湖畔に立つ

穢れを知らぬ少女
絹のドレスの下には
何も身に着けていない
細い　裸身と
尖った　乳首が覗く

少女の美しい眼差しは
遥か遠くの　異国を
力なく見つめている

裸足で　一歩また一歩と
マイナス三度の湖水の中に
ゆっくり
進んでゆく

やがて
腰までつかり
少女の長い黒髪が
消えてゆく

白いか細い手が震え
北の天空に突き上げられ
静かに　消えていった

愛しき恋人よ

美しい
ヴィーナスのような
君の　肢体を
身を折り
抱擁し
私は　一時も放さず
陶酔の世界へと
誘う

私の
君への
熱い温もりで
君にも

私の愛が伝わり
深みのある
美しい音色を
醸し出す

私の
太く　逞しい　指先が
君の　身体に触れる時
君も
私の感情に
呼応してくれる
至福の時の流れ
永遠であって　欲しい
この音魂
瞬時に　消えることなく
永続を　望んでいるが
私の手から無情に離れ
その夢は

叶わない
それだけに
この一瞬は
尊く崇高なものだ
四本の　弦は
時に低く　深く
時に高く
重厚な響きを
重ね合い
年輪を刻み　重ねた肌に
溶け合い
究極の　愛を
奏でる　チェロ

君は
どれだけ多くの
音色を
その光沢ある

褐色の肌に
年輪として
吸収してきたのだろう
それは
君と　僕だけが
知っている
愛しき　恋人よ

迷い路からの解放区

お前の歴史と
俺の歴史を
重ね
油絵具で
色を
掻き混ぜるように
生きている

白濁とも
混沌ともとれる
微妙な
色彩の
誕生

二人だけの
独特の
誰にも　模倣されない
限りなく　純粋な
色彩世界なのかも知れない

果たして
このままの世界で
生き続けていいのだろうか?
疑念が生まれる

お前には　知らせないが
地獄のような
息苦しさの中から
一刻も　早く
解放されたい
解放区の構築

己の　個を　生きるか
欺瞞に満ちた
日常を
ひび割れた
鉄の仮面をかぶって
生きるのか

そんなことはない
お前は何故
否定的なことばかり
語るのか
否定×否定は
肯定なのだ

お前の
脳髄には
どんな

難解な
方程式が
宿っているのか

そんな
方程式から　生まれた
答えなど
幾光年先の
大宇宙の中へ
放り込んでしまえ

銀河系が
ほら
笑っているぞよ

私とあなたの隔たり

私は
あなた
ではない
あなたは
私ではない
私は
あなたの
人格を
肩から
がぶりと
食べてみる

鎖骨が

ぼりぼり
音をたて
私の
口の中で
砕けて
ざらりと
溶けてゆく

私は
あなたに
ゆっくり
沈殿して
同化してゆく

私は
あなたの
プライドに
手を差し伸べると

強く
拒否された

そして
冷たく
強い
視線が
私に向けられた

まだ
あなたは
すべてを
私に
許して
くれない

サプライズ

あなたに
抱えられない程の
宝石を
プレゼントしてあげよう

嘘でしょ
宝くじにでも
当選したの？

相変わらず
発想が
貧困だね

だって
それしか
考えられないもの
それとも
銀行強盗に
成功したのかしら

犯罪者には
未だなりたくないよ
明日の命が分からないと言うのならば
別だけれどね

あら
あなたって
その程度の
人間なの
買い被っていたのね　わたし

口は
災いの元だね
自分の名誉のためにも
前言を撤回するよ

まあ　いいわ
わたしには
どうでも　良いことだから

君って
ドライだね

それより
宝石の話
どうなっているの？
くずを　集めたような
宝石ならば
そのまま　お返しするわ

そんなことはないよ
期待を裏切ることは
きっと　しないよ
安心したまえ

いつになく
やけに
自信が
あるのね

勿論さ
それでは
明日の夜　七時

NY五番街の
いつもの
酒場で　待っているよ

分かったわ
騙された積りで
行ってみるわ
ドレスは
何を着て行こうかしら?
ほんとうに
信用して
大丈夫かしら?

カウンターには
バーボンのダブルをひっかけた
ボーイフレンドの　ジョージがいた

よく来たね　ベイビー
来ないかと思ったよ

昨日の話　冗談じゃないわよね

冗談なんかじゃないさ
さてと
タクシーを拾って
エンパイアステートビルに行こう

そこには
確か　宝石店が
あったような気がするわね

黙って　ついて来てご覧
ヘイ　ベイビー

このビルじゃないの?

うん　近くのビルなんだ

あら　エレベータで最上階まで行くの?

うん

あら　何?
ヘリコプター?

そうだよ
NYの上空を
摩天楼を　駆け巡って
夜の
遊覧飛行さ

煌びやかな
宝石が
光り輝き
君への
最高の
プレゼントさ

素敵!!
最高のプレゼントだわ
サプライズね

二人は
ヘリコプターに
搭乗して
NYの満天に輝く
星空に
飛び立って行った

Ⅲ

吾輩は　野良猫

吾輩は
親を知らない
捨て猫

野良猫である
何時の日か
鳴き声を
忘れた
ロンリー猫

吾輩は
威張る程の　猫では
毛頭ない

年は自分でも定かでない
言えることは　年老いた猫ではない
ヒトは　イケメン猫と呼ぶ
吾輩は　雨上がりに　溜まった
水たまりに　浮かぶ
吾輩の顔を
見ることができる
まんざらでもない　と
にやり　と思うかどうかは
分からない

ペルシャ猫と野良猫の
間に生まれた猫である
飼い主は
血統を重んじて
汚い
ゴミを

つまんで捨てるように
非情にも
吾輩を　道端に置いた
壊れかけた段ボール箱に
捨てた
吾輩は　その瞬間から
独りで生きてゆくしかない

血統は
純粋ではないが
他の野良猫より
良いのが
少し　自慢である

生きてゆくには
血統なんて
たいした問題ではない

飼いネコと違い
野良猫は　毎日を生きることが
精一杯
闘いの日々だ
死ぬか　貪欲に
生きるかだ

他の猫との
闘いもそうだが
自分との
闘いが重要だ

精神的にも
肉体的にも
己に
負ければ
全てを
一日で

喪失する

天国と地獄を
選択することは
いとも容易なことである

吾輩のテリトリーは
高級住宅街

ここには
宿敵が　二匹いる
一匹は
目が金色に光り
図体の大きい
黒猫　カラス猫

もう一匹は
茶色の見るからに

恐ろしいほどの
面構えの凄い　どら猫
髭が　針金のように
何本も　顔から
飛び出している
不愛想で
人に媚びない
且つ
堂々と　風格さえある
体格も凄く立派だ

あいつは
一体　何を
食べているんだろう?
ヒトも　多分
突然
この野良猫と遭遇したら
きっと

後退（あとずさ）るだろう
と思われるほど
面構えの凄い　どら猫

住宅街を　歩いて
感じることは
吾輩の分析によると
俺を受け入れてくれる家と
小石を投げつける家がある
二極化の傾向が　見られる

ある時
行きつけの家の　玄関先で
ランドセルを
玄関先に　放り投げ
俺を見つけた
お嬢ちゃんが
台所から

食べ残しの小魚の頭を
割りばしでつかみ
俺にそっと差し出す
俺は
馴染みの家の
顔馴染みの
お嬢ちゃんなので
心を許し
好物の魚にあり付き
割りばしの先の
魚を
首をかしげて頬張る

その時　突然
何処からか　音もなく
やってきたのか
黒猫が
吾輩に

忍び寄り
玄関先で
背後から
俺の背中を
がぶりと　嚙みつきやがった
卑怯者
痛いのなんの

喚(わめ)いては　いられない
突然の予期せぬ襲来に
吾輩は
一目散で
脱兎の如く
庭の草むらに逃げ出した

追いかける　黒猫
逃げ惑うエセ・ペルシャ
庭の木陰の奥で

ギャー・ギャー
泣き喚いている
土埃を上げて
凄まじく
格闘している
縄張り争いの
仁義なき戦い

ある日
間抜けな
家があった

冷凍庫から
鮭の切り身を
解凍する為
玄関の　柘植の木の
高い所に
ビニール袋に入れ

天日に干していた

吾輩が　見逃すわけがない
一日　足を棒にして
歩き続けて　餌を探しているのだ
吾輩には　絶好の食べ物だ
この家の人は
吾輩が　木に登れないとでも
思っているのか
目もあり　鼻・爪もある
何と
無知な人間様よ

吾輩はいとも容易に
鮭の切り身に有り付けた
にゃんゴロンだ

間抜けな

家の人の顔が見て見たい

ニャンとも
お粗末な
顚末である

シンジルモノハ……

ヒトハ　ナニユエ　カミニ　コウベヲサゲ　テヲ　アワセルノカ　ガッショウ　カ
ナイアンゼン　ムビョウソクサイ　マンガンジョウジュ　リョウエンジョウジュ
シンタイケンゴ　トウビョウヘイユ　ゴウカクキガン　コウツウアンゼンシュゴ
シキソクゼクウ　カミハ　バンノウカ　カミノミエザルテニヨリ　ヒトハ　スクワ
レルノカ　バンニンヒトリビトリニ　カミノ　スクイノテハ　サシノベラレルノ
カ　カミノ　ソンザイヲギモンシスルコトジタイ　カミヲ　ボウトクスルモノカ
ソレハ　ムシンロンシャダ　コマッタトキノ　カミダノミ　カミニモスガルオモ
イ　カミハ　ナニヲモッテ　ヒトヲ　サバクノカ　カンゼンチョウアク　ワルイヤ
ツホドヨクネムル　フジョウリノセカイ　カミモ　ホトケモナイ　テンゴク　ジゴ
クッテアルノ　サベツ　イジメ　ヒキコモリ　サツジン　フジョボウコウ　ゴウカ
ン　リンチ　テロ　ゴウモン　ドクサイシャ　ロシアプーチン　シンリャクセンソ
ウ　シンリャクセンソウハ　トメラレルノカ　キタチョウセン　キムジョンウン
ラチヒガイシャハ　スクワレルノカ　チュウゴク　ウイグルミンゾク　ジンケンシ

ンガイ　ミャンマー　カンボジア　アパルトヘイト　ヘイト　ミンシュシュギ　へ
イワ　ハ　バンコクニ　シントウスルノカ　ドクサイシャニ　テッツイヲ　クダス
ノハ　ダレカ　シゼンサイガイ　コウズイ　オオジシン　チキュウ　オンダンカ
ツナミ　カミノテノ　サジカゲンデ　スベテガ　キマルノカ　バンニンノタメノ
ケツダンカ　ムジヒノ　ケツダンハ　アルノカ　ナイノカ　ミスゴサレタ　ダイサ
ンジハ　シゼントウタノ　サダメナノカ　ウンガヨイ　ワルイノ　センビキハ　カ
ミノテニ　ユダネラレルノカ　フルクハ　ブッキョウ　キリストキョウ・イスラム
キョウ・ユダヤキョウ　ガアル　ゴジュウオク　ノタミハ　スクワレタノカ　カル
トシュウキョウ　マインドコントロール　カラノカイホウ　ソレラスベテヲ　レキシ
ヲ　ヒモトイテ　ケンショウシテミヨウ
シンジルモノハ……

いつ終息するのかコロナとウクライナ戦争

目に見えないコロナウイルス　お前はどこを彷徨っているんだ　無差別に人間を容赦なく殺す　老若男女関係ない　全世界に蔓延させている　三密を避け　不要不急の外出もせず　マスク　手洗い　うがい　消毒　企業・学校はテレワークを強いられ　外での飲食もせず　我慢の二文字　ワクチン接種も三回目　効果は如何に？忘年会　新年会　懇親会　講演　ライブ　演奏会　芝居　全てに制限と中止を余儀なくされる　経済が回らない　明日の生計が成立しない　貧富の格差　自殺　フラストレーション　ロックアウト　デモが世界中で起こる　デモで命は救われるのか全世界の累計感染者数三億七千五十七万人　累計死者数五百六十五万人　新型コロナ感染者数二千二百万人以上　死者六万人　世界戦争より多くの死者数　武器　ミサイル　核を使用せずに　ウイルスは脅威を地球人に与え続ける　このまま崩れゆく地球となってしまうのか？　慟哭の世界
ロシア軍がウクライナに侵攻したのは　二〇二二年二月二十五日

血に染められた古城

私の脳髄の分裂された細胞は、誰に浸食されたのか？　どんな名医の処方箋より、強烈な自然な太陽の照射を浴びせて、汚染された細胞を焼き取ってくれ。遠い悪夢の追憶をいつまでも引きずって生きてゆく訳にはいかないのだ。死への葬列は、果てしなく長い沈黙の旅なのだ。私は乾ききった砂漠の粒子の中に、明日への虚無を見る。不条理な生きざまは、反転明日への生きる懸け橋になるのであろうか？　そんなことはない。失望と諦観が先行支配する。煌びやかな不夜城は、砂の王国の支配下に置かれ、いつその牙城を変容させるのか分からない。静謐で透明な世界は、硝子細工で構成されているのだろうか？　息を掛ければめらめらと今にも崩れそうな危うげな砂の王国。手をそっと触れれば脆くも破壊されそうな城。注意深く、気を付けないと硝子の破片で指を切ってしまう程の危うさ。真っ赤な鮮血が流れ血の海と化すであろう、ああ我が古城よ。

時代

朝の赤レンガの東京駅丸の内口。山手線・中央線・京浜東北線などから吐き出されるサラリーマンやＯＬたちは、丸ビルに吸い込まれて行く。男も女も同じ時間・時刻を共有しているので、誰も同じ顔をしている。木枯らしが吹く寒い朝、コートの襟を立て、進軍ラッパを鳴らさなくても、この時代でも軍隊が行進するように、一糸乱れず規則正しい歩行行進が続けられているように見える。ドローンはウクライナの専売特許ではない。近郊のサテライトからは、本社屋上にドローンが飛ぶ。物流の効率化が図られ、近未来の姿が見え隠れしている。軍需から民需への移行でプチ革命が起こるかもしれない。時代は気が付かない中にどんどん進化して行っている。時代の趨勢か、ドローンは現代の飛脚にとってかわる勢いになるのであろう。雇用形態も正社員・非正規の派遣・アルバイトと多様化の一途を辿り、出社しなくても、全国どこでもリモートで済む世の中になってしまった。学校教育でもしかりだ。コロナという感染症がもたらした功罪ともいえる。その結果、人間喪失・人間関係の崩壊が起こる。負の遺産は、この先どこまで人間社会に連綿と影響を及ぼすのであろうか？

旅の果てに

私は羽田十時二十五分発、パリ行きのエールフランス機で、冬のパリ・ドゴール空港へ向かった。私はビジネスクラスのゆったりした座席で、コニャックの「カミーユ」を何杯か飲んだ。ヨーロッパへの長旅は、エコノミークラスでは、身体がきつい。左程酒の強いわけではない私は、何杯目かのコニャックで、深い眠りについた。目覚めると、一面白銀の雪の世界が広がっていた。そこはエッフェル塔ではなく、札幌のテレビ搭と白い時計台だった。国内線に搭乗した記憶はない。自分の眼を疑った。このシチュエーションを楽しむことにした。私はひとり、しんしんと降り積もる札幌の街を散策した。ここまで来れば。小樽運河を見たくなった。急行A列車に飛び乗り、車窓から繰り広げられる雪景色を堪能しながら小樽駅に到着した。駅から長い坂道を下り小樽運河に出た。降り積もる雪の中、運河は幻想の中、ゆったりとたゆたって流れていた。翌日、ベッドから目覚めると、そこはパリだった。シャンゼリゼ通りの先には、凱旋門が小さく白く見えた。二月の寒い昼下がり、私はオペラ座近くのカフェに入り、珈琲で身体を温めた。地下鉄に乗りロダン美術館へ向かった。地下鉄のプラットホームでは、ロダンの巨大な「考える人」が私を迎えてくれた。ロダン美術館は、セーヌ河沿岸にあるオルセーやルーブルと異なり、こぢんまりしていて、鑑賞しやすい美術館である。オーギュスト・ロダンの作品の偉業をまざまざと見せつけられた。だが、ロダンに対する評価は、私の中では高くはない。というのは、二十世紀最大の美貌の女流彫刻家、カミーユ・クローデルの存在があるからだ。カミーユは、ロダンの内妻との三角関係に苦悩した。またロダンは、カミーユとドビュッシーとの関係に激しく嫉妬していた。カミーユは、その後、幻覚・被害妄想に見舞われ、精神障害を起こす。三十年に及ぶ精神科病院での壮絶な闘病生活を過ごし、七十八歳十カ月で生涯を閉じた。ロダンは、ある面罪深い男とも言えるのだ。また、私は地下鉄に乗り、ピカデリー広場からモンマルトルのサクレ・クール寺院へ向かう。途中、奇才サルバドール・ダリの美術館に立ち寄る。シュルレアリズムの神髄に触れる。美術館を出ると、超現実の世界から、日常の現実世界に引き戻された。観光客相手に似顔絵を描いている画家たちに出逢う。ここから世に名を遺す画家は生まれるのであろうか？　私はパリ市内に住む友人の画学生のアパートメントに一週間ほど宿泊させてもらった。一週間もすると、男と女の関係になるまでは、そう時間は要しなかった。眠りから覚めると、東京のリバーサイドホテルで、劇団員の若い娘とベッドを共にしていた。若い肢体は、四十男には眩しく映り、活力を与えてくれるものだった。

人生とは

人間　棒グラフみたいに、面白いほど凹凸があるものだ。優れた者と、そうでない者。折れ線グラフのように、右肩上がりの者と、下降を一途に下る者。勝ち組・負け組と置き換えても良いだろう。但し、その線引きにどれほどの価値があるのだろうか？　経済格差が生じ、グレードの高い生活が送れるか、生活保護での生活に甘んじるのか？　それは生き方の価値観にも左右される問題なのかもしれない。巨万の富を築き、生涯その財産を使いきれずに死んでゆく寂しき富裕者と、貧しいがその中で精一杯生活をエンジョイする者とでは、果たしてどちらの生き方が良いのだろうか？　極端すぎる比較論だが、あながち、間違った選択の比喩とも言えまい。富があり充実した生き方が出来れば、それに越したことはないのは、言うまでもない。人生とは魔訶不思議な生き物のようである。

所詮　愛とは……

　愛という字は、真摯で純粋、真実・誠・一筋という意味がとてもよく似合うのかも知れません。その反面、憎悪や不吉な凶、死がその延長線上に置かれているのも事実かもしれません。幸せの表裏一体に不幸という二文字が重くのしかかります。究極的な愛の結末は、死である。心中を始め阿部定事件を、紐解くまでもなく、古今東西、愛から生まれる恐怖の悲劇は後を絶たない。

　愛という甘美なオブラートに包まれた幻想から現実世界に引き戻された時、衝撃の大きさに戦くであろう。現実と非現実の乖離は、どのように埋めたらよいのだろう。悲観的にモノ申せば所詮、無理なことである。無理を押し通せば、道理が引っ込む。二人だけの愛は最初から破局が始まりである。何とロマンのない男なのだろう。冒険にも手を染めず、夢も希望すら見いだせない。こういう男は、つまらぬ人間というしかないのである。

少年の皮を被った大人

私は真っすぐ行くつもりが、何時の間にか意に反して逆の方向を歩いている。好んで進んでいるわけではない。そちらの方が自然だからだ。人はへそ曲がりで強情者だと言う。そんなこと、人には、何でも言わせておけばよい。人の通らない道は、臆病者には勇気のいることだ。然れども、人の見えない道は、とてもエキサイティングだ。例え黒い太陽が西から昇ることがあっても、地団駄を踏むことはない。サーモンピンクの人生よりも、ショッキングピンクの方が興味深い。幼少期、昆虫採集で、セミやカブトムシ・オニヤンマに注射を打ち夏休みの宿題に学校へ提出するのを拒んだ少年。昆虫は標本にするのではなく、自然のままに生かしておくことが昆虫にとってもしあわせなことなんだと主張する少年。今ではアブラムシやハエ・カなど害虫を見つけると、目の敵にして、殺す大人になった少年。論理の正当性などナンセンスという豹変ぶり。人の成長とともに、純粋な心の変化を、進化と呼ぶのか？　否、退化だろうか？

都合の良い男

　ことのはじまりは、すべて終わりへの最終章だった。男にとっては、一冊のバイブルは、終わりから前に読むことが定説のようになっていた。ある時、男にささやく女の声。あなた、そんな無駄な時間を費やすことなんてないわ。どんな本でもあとがきから読んだ方が、要約されていて、読解力への近道でもある。と入れ知恵が入ったのだ。ただし恋女とライバルの女の声も耳に入る。男は一事が万事、手抜きの人生。反省の上に立って、こんなことで良いのか？　と自問する。男は考えた。急がば廻れということもある。セオリー通り、時間を掛けても一ページから読む方が、納得する筈だ。だが、男は、それでも結論を急いだ。男は早急に機関銃を乱射するように、あたりかまわずに、片っ端から標的を狙って銃弾を放った。破壊から創造の道を選んだ。斜め読みすることで、一を知り百を知ろうとした。都合の良い男。そんな虫の良いことはなかろう。そんなことをしたならば、行と行の間（あわい）を、読み解くことは出来ないだろう。そして自分はといえば都合の良い男として読み解かれるばかりである。

頭（こうべ）

遠くない昔。近い昔。つまり、突き当たった不動産屋の、腹が出たおやじがいる横丁の曲がり角にある、今ではないおととい。世の中、聞きたくないことが山ほどある。ので、片耳だけを勇気を出して切り落とした。そうすれば、聞きたくない情報が、半分で済むからだ。まして、中耳炎だから、切り落としても特に問題はない。この男は、短絡的に物事を考える幸せ者である。その他に考えてみれば、世の中、観（み）たくない出来事が、これまた山ほどある。そこで白内障の片目を取ることにした。何の迷いもなかった。そうすれば、観たくないことが、より一層観づらくなると思った。これらの処方を下しても、聞きたくないことが、半分ある。そこで、残った耳を片手の人差し指で塞いでみた。するとどうだろう、静寂の世界が急に広がってきた。だが、それは深い藍で、私のブルーではなかった。私の欲しい青はセザンヌが描いた空の青であり、佐野ぬいの佐野ブルーでもあった。まあ、仕方ないだろう。妥協はしたくはなかったが、諦めた。それでも、片目から余計な世の中の出来事が、矢の如くビュンビュンと視界に飛び込んでくる。私にとっては、まさに死海の眼である。それならと、もう一方の片方の手で、片目を押さえた。これでやっと、聞きたくないことも、観たくないことも解決された。ところがだ。言いたくないが、愚痴が多くなった。口は災いの元だ。見苦しいことだ。この際、口を塞ぐことにした。幸いコロナ禍でインフルエンザも大流行している。マスクを二枚重ねで使うことにした。だが、小手先の対処法では、どうも私を満足させることが出来ないことに気が付いた。中途半端は何事もいけませんと、子供の頃、親から教わっていた。そこで断腸の思いではあるが、痛いだろうが、首を切ることにした。そのことによって、自ずと思考回路を形成している頭脳も無となり、白紙になって切断される。これは究極的な選択である。頭（こうべ）を貨物船に積んで、神戸港を発った。海は何時になく荒れ模様だった。目的地はブルー、あのエーゲ海である。私の頭（こうべ）はエーゲ海の深海にぷくぷくと音をたてて沈んでいった。過去を捨て、今を永遠には生きたくない。海底に沈んだ我が頭は、二度と浮上することはないであろう。だが、意に反して、海底の底からふつふつと湧き上がる、海底火山が爆発する懸念がある。そこで私の頭も地上に吹き飛ばされて、山の中腹に頭蓋骨の華を咲かせるのであろうか？　私の残された身体の一部は、ギリシャ彫刻のトルソーとなって、古代の神殿に祭りあげられることを望んでいる？

冬春夏秋素描

夜明け前、雄大な大空のグラデーションの世界から、太陽が真っ赤に昇ろうとしている。世界の夜明け、一年がこれからはじまる。どんな一年になるのかは、神のみぞ知る。等しく誰も分からない。鉛色の豪雪の雪国では、雪が静かに深々と降り積もる。新雪が次から次へと重なり、白い雪の地層が出来上がる。人々は、古代から雪と対峙しながら日常を制限され、ただ黙々と耐え忍び、雪が止むのを待つ。吹雪は、雪を激しく舞い上がらせ、まるで白い雪のオーロラの誕生だ。吹雪は無慈悲に視界と行動を遮る。山岳地帯では、幾つもの雪崩を起こし、樹木・山を削り落としてその形を破壊する。時には山岳パーティーの命を無情にも奪う。雪の白い恐怖を抱えながら、彼らは果敢にも山岳地帯に挑戦する。山岳の魔性の魅力に取り付かれたようだ。山は薬物中毒のようなものなのか？　彼らには禁句であろう。神聖な山をモルヒネ中毒に例える無神経な男は許せない筈だ。雪解けの季節。陽炎が風に巻かれ流されてゆく。土筆の芽が春の目覚めを知らせる。長い雪国の冬眠からの解放。植物が生き生きと活動し始める。そして人たちも動く。黒土を見る新鮮な喜びと感動を覚える。春の台頭である春一番。突風が、土埃を上げ吹き荒れる。女子高生のスカートを悪戯な風が襲う風の神。お前は春のそよ風となって、心地よい風を高原に愛撫するかの如くやさしく吹き注ぐ。川沿いの桜並木には、桜の枝を揺らし、小鳥たちがさえずり、桜の花を摘み、恰好の休息の場となっている。夜の月明りと、淡い灯りの中、夜桜を楽しむ酔客たち。やがて時が過ぎ、桜吹雪が舞い散る季節となる。勤めを終えたように、潔く舞い散る桜吹雪。人生の終焉か。そんなことはあるまい。人生の新たな旅立ちでもある。地上に落ちる、ひとひらひとひらの、花びらは雪化粧の華舞台。どんな舞台をそれぞれの人生で演じればよいのだろうか？川に流れる桜川は、果てしなく続く異国への海流にも通じる。梅雨の季節。強い雨が地上の木立を激しくゆすって打ち続ける。山から流れ出る神聖な浄化された水は、川となり大海へ注がれる。田畑に恵の雨を与える。豊穣祈願。ダムの水を堰き止め、必要に応じて放流して人々に恩恵を与える。放流のタイミングを間違えれば、大惨事を引き起こすリスクがある。風雨の激しさで、地上のあらゆる汚れを綺麗に流して浄化する。灼熱の太陽の下、麦藁帽子を被った少年が、大きな木の下で、ひと時の涼をとる。狭い虫かごには、兜虫が、角を交差させ数匹鈍く動いている。陽に焼けた少年の顔に汗が光る。汗を拭うかのように、ひんやりとした涼風が、褐色の顔を洗う。油蟬がうるさいほど鳴き喚いている、ある夏の昼下がり。容赦ない照り付けと、淀んだ熱風に夜も悩まされる。台風の季節。日本列島の沖縄から九州・近畿・

東海・関東・東京へと、台風は波状的に何度も執拗に北上してくる。熱帯性低気圧の長い帯の勢いは、切れ目なく止まらない。風速四十メートル。暴風雨があばれまくる。屋根を勢いよく吹き飛ばし、家屋を破壊、看板をなぎ倒し、車を横転させる。ライフラインは止まり、停電を余儀なくされる。暗闇と暴風雨の恐怖に慄く。また、無残にも堤防の決壊で、勢いよく住宅街へ流れ込む非情の濁流水。高地から低地へと勢いを増す。逃げ惑う民の群れ。土砂崩れ。この季節、繰り返し襲う台風に民は、恐れを感じているものの、強かに住み慣れた故郷を捨てる者は少ない。故郷への愛着なのだろうか？　銀杏並木の枯れ葉が、一面黄色い絨毯となり、秋色に深く染まる。夏に芽生えた恋も、枯れ葉が散ると共に、哀しく葉が舞い散る。銀色の翼の飛行機が、澄んだ秋空に小さく飛んでゆく。高層ビルのクリスタルの窓ガラスには、鏡のように都会の流れる景色が、刻一刻と映し出されている。哀愁慕情。

偉大な芸術家たちと過ごす至福の時間

午後の日差しが伸びる頃、私は書斎で分厚い小説を読んでいる。もう、十数ページも読んでいるというのに、どこか小説の世界には、入って行けなかった。私は気持ちを入れ替え、少し濃い目の熱い珈琲を入れる。普段は少量の砂糖を投じるのだが、眠気さましと考えて、ブラックにした。珈琲の苦みと香りが鼻孔を擽る。だが、結果は一緒だった。私はいつの間にか、部屋に横たわり、彫刻家、ヘンリー・ムーアの横たわる裸婦になっていた。勿論、私は男なので豊かな乳房は持ち合わせていなかった。小説とは違い、ムーアに抱かれて、心地よいひとときを過ごした。うとうと、していると、マイヨールの肘を抱えた裸婦像が出てきた。まろやかな肢体に、女の匂うような美が……。冷たい青銅色の像は、いずれも何故か温かかった。至福の時間とは、多分こういうことを言うのであろう。私はこの空間に置かれている自分に大変満足していた。私の思考回路は、彫刻だけではなく、絵画にも遭遇していた。レオナール・藤田の乳白色の透き通るような裸婦にも心打たれた。日本人離れしたその技法には、目を見張るものがある。そんな美しい女体の数々に触れていると、突然、悲しくないにもかかわらず、ピカソの一九三七年の「泣く女」が現れた。私の誕生よりも十年前に制作された油彩である。大胆な色彩と構図。「破壊の集積」としての絵画が、私には創造の集積としての絵画に転化する。抽象から具象にも見えるのは、私の目の錯覚であろうか？　独特の感性と才能を兼ね備えた偉大な芸術家は、これから出現するのであろうか？　そんな懸念と想像を抱きながら、私はいつの間にか、分厚い小説を枕に深い眠りについていた。

赤い血の死のメロディー

マイルス・デイヴィスのジャズが、がんがんとスピーカーを揺らして流れている。新宿のジャズバー。トランペットのけたたましい金属音から繰り広げられるサウンドは、ジャズそのものだ。客たちは、一様にそのサウンドに魅せられスイングしている。オンザロックの大きなグラスと、氷のカケラが反射して、女の深紅のルージュの顔が歪んで写っている。琥珀色した海の向こうに見えるのはＮＹ、マンハッタン。黒人たちのトリオが、アドリブで熱狂的に演奏を楽しんでいる。トランペット・ピアノ・ドラムスの息の合った競演。相互にサウンドが絡み合い、ＮＹのサウンドを生み出している。バーは客たちの煙草の煙と、アルコールの匂いと、マリファナの匂いが混ざり合い、異様な雰囲気を醸し出している。ハーレムの女をめぐって、客同士の喧嘩で銃が乱射された。白いクロスのテーブルの上には、真っ赤な血が飛び交う。紅いワイングラスが割れた訳ではない。これが、銃規制のないアメリカの銃社会の現実だ。遠くでサイレンの音が聞こえてくる。遠く離れた、津軽の居酒屋では、石川さゆりの「津軽海峡冬景色」が、吹雪の中、流れていた。

幻想に抱かれて

私は無から有を生み出すために必死だ。パソコンのキーボードは、無限の可能性を秘めている。だが、悲しいかな、自分以上の物は生み出されない。奇跡が起こることは、奇跡的にあったとしても、それはあくまでスポット的に与えられた、天からの贈り物であろう。いつまでも再現されるものではない。等しくキーボードは同じ配列で並べられてはいるものの、そこから生み出されるものは、個人差によって才能のある者と、凡人では雲泥の差が生じる。文章を生業としている者にとって、この現実を突きつけられると、穴があったら入りたいと羞恥心にかられる。恥を忍んで、作品に挑戦する志は、社交辞令で評価されても、そんなものは何の慰めにもならない。努力で才能が磨かれるものではないだろう。職人が、努力で匠の技を習得するのとは、また質を異にするものだろう。マニュアル本はあったとしても、それ以上の才能は、本人に委ねられるものだ。多くの無駄な時間を費やし、体力を消耗して、果たして実りのある、誰もが評価しうる建設的な仕事ができるのか？　書くことだけに意義を見いだして、自己満足で終わるのか。早く諦観したらよいのだろうか。いつまでも往生際が悪く執着するのは、時間の無駄であり、経済活動への裏切りである。如何なものであろうか？　少子化が進む中、潜在的労働力不足であるので、もっと有効的な労働力の再生産を目指すべきかもしれない。例え本が爆発的に売れ、奇跡的に特需が生まれたとしても、それは例外に近いのではないか。幻想に捉われ、そこから脱却できない悲哀が滲む。こんな筈ではないと自分に言い聞かせる。いつか歴史が評価してくれる。そんな期待と幻想を抱いて筆を執る作家が、世の中沢山いるのも事実。

いろはにほへと　の先にあるもの

いろはにほへと。何事にも一丁目一番地はあるものである。早急のあまり、他の番地から飛び込み進む者もいる。だが、これは常道ではないような気がする。プロセスを逸脱する行為は、結局のところ自分に返ってくるのではないか。急がば廻れといった言葉を再認識する必要がある。詩人たちは、その時代その時代を、真摯に詩と対峙して、自我の独自の世界を生み出してきた。人には見えない、語れない詩を書く。独自の特色のある価値観に基づく視点で詩を捉える。自分のアイデンティティとは何か？　妥協を許さない自己主張。そのあまり詩が独り歩きして、独善的になっていないのか。常識と乖離していないか？　だが、そんなことを気にしていたら、新しい革命は決して生まれるものではない。改革を恐れることなく、革新を求め、前進する気持ちを常に抱いていなければなるまい。改革と抵抗は世の常である。そうした葛藤を乗り越えてこそ、新しい世界が開けるものだ。限りなき前進を！

あとがき

このたび、田中佑季明詩集『瑠璃色の世界へ』が土曜美術社出版販売（株）より上梓された。

この詩集は、二〇二二年「詩と思想」創刊五十周年を迎え、期間限定特別企画・新詩集シリーズによるものである。新鋭からベテランまで、現在最も旬の活躍されている、我が国を代表する詩人を限定されたシリーズだという。その詩人たちの仲間に選ばれ、誠に光栄の極みであると同時に、身の引き締まる思いである。

私は、令和四年から、小説・戯曲に取り組み完成させる予定でいた。既にそれぞれ五十数枚を書き上げていた。だが、今回の企画のご依頼を頂き、急遽詩集に力点を切り替えようと決意した。それは令和五年一月二十日、百六歳を迎える母田中志津への配慮でもある。即ち、母の健康で元気な内に一刻も早く詩を完成させたいと願う気持ちからである。

だが、令和四年は、年初から通年自身の体調を著しく崩し、各病院通いを繰り返していた。加えて、要介護５の母親の介護と重なり、船出は思いのほか大きな荒波を被り難航船となった。幸い難破船にまでは、至らなかったことが、せめてもの救いである。従って、読者に満足のゆく詩を提供できたかというと、私自身の中で疑問符が残る。弁解が許されるのならば、クオリティーの高い作品ではなく、今の等身大の病んだ作品でしか執筆出来ない歯がゆさがある。だが、プロはどんな環境下に置かれても、最善が求められるものだろう。まだ私の中には甘さが残る。自戒しなければなるまい。だが、今この時を、今ある力で精一杯生きざまを見せて、桝目を埋めるしかないものだと決意した。

令和五年現在、私は共著を含めて、十八冊刊行したことになる。小説・シナリオ・随筆・詩集・短歌・写真集と多岐にわたる。その他、油絵、写真、コラージュ作品などを各地で精力的に発表してきた。果たして、どれが本当の私の顔なのだろうか？　多分、目まぐるしいカオスの中に、苦渋の顔を露出して、遊泳し生きている自分が、ほんとうの自分らしい顔なのかも知れない。

今後も基本的には、この姿勢は変わることはないであろう。

刊行に当たりましては、土曜美術社出版販売（株）の社主高木祐子様には、心より深謝申し上げます。

令和五年一月吉日

詩人・作家　田中　佑季明

プロフィール

田中　佑季明（たなか・ゆきあき　本名・行明）

一九四七年十一月二十七日東京生まれ。作家・詩人・随筆家

東京経済大学経済学部卒業。明治大学教職課程終了

記者、教員を経て三菱マテリアル（株）三十年勤務。

日本文藝家協会・日本ペンクラブ・日本現代詩人会・日本詩人クラブ会員

日本出版美術家連盟賛助会員。

★主な著書

『MIRAGE』『三社祭&Mの肖像』『ある家族の航跡』『邂逅の回廊』『団塊の言魂』『田中佐知・花物語』『ネバーギブアップ―青春の扉は・かく開かれる―』『歩きだす言の葉たち』『愛と鼓動』『うたものがたり』『親子つれづれの旅』『風紋』『寒暖流』『風に吹かれて』『聖・性典』『生きる』『華化粧』『愛の讃歌』

★主な催事

東京：三菱フォトギャラリー、三越、デザインフェスタ原宿、新宿歴史博物館・追悼展

新宿安田生命ホール　舞台監督、オノマトペ、銀座グループ展、奥野ビル他

東京都美術館

大阪：ギャレ・カザレス（写真展）

いわき：ＮＨＫ、草野心平記念文学館、平サロン、創芸工房、いわき市勿来関文学歴史館
ラトブ、ギャラリーアイ、市暮らしの伝承郷、シックギャラリー、椿山荘講話
中国：山東大学　国際会議講演

★その他
ＮＨＫ、ニッポン放送、ＦＬＡＳＨ、ＦＭいわき、随筆六か月雑誌に連載
朝日、読売、毎日、産経、新潟日報、福島民報、福島民友、いわき民報、日本カメラ、東京中日スポーツ他に紹介

○大國魂神社（いわき市）歌碑建立　田中母子文学碑

詩集 瑠璃色の世界へ

発行 二〇二三年四月二十八日

著者 田中佑季明
装丁 直井和夫
発行者 高木祐子
発行所 土曜美術社出版販売
〒162-0813 東京都新宿区東五軒町三—一〇
電話 〇三—五二二九—〇七三〇
FAX 〇三—五二二九—〇七三二
振替 〇〇一六〇—九—七五六九〇九

印刷・製本 モリモト印刷
ISBN978-4-8120-2759-2 C0092